周克希译品

Le
Petit
Prince

Antoine de Saint-Exupéry

小王子

[法] 圣埃克絮佩里 著

周克希 译

外语教学与研究出版社
北京

初版译序

《小王子》是法国作家圣埃克絮佩里（1900—1944）的代表作。这位作家写了好多部著名的小说，同时也写了这样一部充满智慧闪光的童话。

整整一个世纪以前，安托万·德·圣埃克絮佩里于 1900 年 6 月 29 日出生在法国里昂。他在姨妈家度过了童年时代，又去瑞士读中学。回国后，他准备报考海军学院，结果却没有通过口试，未能如愿入学。后来在巴黎美术学院旁听了几个月建筑学课程。他没能当成海军，却成了一名空军。二十一岁的圣埃克絮佩里应征服义务兵役，被派往斯特拉斯堡附近的空军基地，先后担任空军地勤人员和飞行员。

他 1923 年退役后，先后从事多种不同的职业。1925 年开始写作，第一部作品就是以飞行为题材的。

1926 年，圣埃克絮佩里进入拉泰科埃尔航空公司，担任法国图卢兹至塞内加尔达喀尔邮政航班的飞行员，继而被派往摩洛哥担任航线中途站站长。在此期间，出版小说《南方邮件》（1929）。后来他随同梅尔莫兹、吉约姆等老资格的飞行员前往南美洲开辟新航线。1931年出版小说《夜航》，从此他在文学上声誉鹊起。

1935年，拉泰科埃尔公司倒闭。圣埃克絮佩里随公司人员并入新成立的法国航空公司后，曾尝试打破巴黎至西贡的飞行时间记录，但没有成功。1938年在重建纽约至火地岛航线途中身受重伤，于纽约治疗多月后才逐渐康复。出版《人的大地》（1939）。

第二次世界大战期间他加入法国空军。得悉贝当政府签订屈辱的停战协定后，辗转去纽约开始流亡生活。在这期间，他写出了《空军飞行员》（1942）、《给一个人质的信》（1943）、《小王子》（1943）等作品。1944年重返同盟国地中海空军部队，因明显超龄，没有被列入飞行员编制。但他坚决要求驾机上天，经司令部特许终于如愿。1944年的7月31日，他从科西嘉岛的博尔戈出发，只身前往里昂地区执行侦察任务。飞机驶上湛蓝的天空，就此再也没有回来。

《小王子》是一部儿童文学作品，也是一部写给成年人看的童话，用圣埃克絮佩里自己的话来说，是写给"还是孩子时"的那个大人看的文学作品。整部小说充满诗意的忧郁、淡淡的哀愁，用明白如话的语言写出了引人深思的哲理和令人感动的韵味。这种韵味，具体说来，就是简单的形式和深刻的内涵的相契合。整部童话，文字很干净，甚至纯净，形式很简洁，甚至简单。因此，这部童话的译文，也应该是明白如话的。

不过要做到这一点，并不容易。举个例子来说，第二十一章里狐狸提出了一个很重要的（后来反复出现的）概念，法文中用的是apprivoiser，这个词当然可以译成"驯养"或"驯服"。这样译，有词典为依据。然而问题在于，作者到底是在怎样的语境中使用这个词的呢？要弄明白这个问题，势必就得细细品味上下文，把这个词放在上下文中间去体会它的含义。而这时候，译者很容易"当局者迷"。我一开始就迷过——先是译作"驯养"，然后换成"养服"。放在上下文中间，自己也觉得是有些突兀，但转念一想，既然是个哲学概念（狐狸在这一章中以智者的形象出现），有些突兀恐怕也可以容忍吧。后来有位朋友看了初稿，对这个词提出意见，还跟我仔细地讨论这段文字的内涵，我受他的启发，才决定改用〝跟……处熟〞的译法。这个译法未必理想，但我们最终还是没能找到更满意的译法。暂且，就是它吧。

所有的大人起先都是孩子——但愿我们都能记得这一点。

周克希　2000 年 11 月

再版译序

《小王子》在西方国家是本家喻户晓的书。很多年前，我在法国进修数学的时候，买了这本漂亮的小书，书里的彩色插图是作者自己画的。后来我还买了钱拉·菲利普（他是我最喜欢的法国演员）和一个声音银铃般清脆的孩子朗读的录音带。

这是一本非常好的书。虽然我们把它叫作童话，其实它是给大人看的。童话中能像《小王子》这么打动人心的，想起来还真不多呢。我印象很深的，还有一本《夏洛的网》，其中的主人公是蜘蛛和猪。看了书，我很感动，从此以后觉得这两种动物挺可爱了。

翻译《小王子》，比想象的要难。这次趁译本出第二版的机会，我对译文做了修改、打磨。谢谢张文江和其他朋友，他们给了我很多帮助。张文江在电话里把他的想法告诉我，帮我一起磨。我俩煲的电话粥，时间加起来不止十小时。

　　书中有个词，原文是 apprivoiser，相当于英文的 tame。我一开始译成"跟……处熟"，重新印刷时改成"跟……要好"。但这次再版，我又改成了"驯养"。这样改，我有一个很认真的理由：这个词"确实不是孩子的常用词"——我的一个法国朋友这样告诉我，法语是他的母语。我还有另外一个理由："跟……要好"（它比"跟……处熟"自然）虽然明白易懂，但缺乏哲理性，没有力度。而 apprivoiser 在原书中是表现出哲理性和力度的。我的第三个理由是：译作"跟……要好"，当时就并不满意。后来跟许多朋友讨论过。其中有个大人，叫王安忆，她劝我"两害相权取其轻"。还有个小男孩叫徐振，年纪大概跟小王子差不多，他告诉我"驯养"的意思他懂。我听了他们的话，又想了半天，最后用了"驯养"。倘若所有这些理由加在一起还不够，那我愿意把这个词的译法当作一个 open question（有待解决的问题），请大家有以教我。

周克希　　2002 年 4 月

献给莱翁·维尔特

请孩子们原谅我把这本书献给了一个大人。我有一个很认真的理由：这个大人是我在世界上最好的朋友。我还有另外一个理由：这个大人什么都能懂，即使是给孩子看的书他也懂。我的第三个理由是：这个大人生活在法国，正在挨饿受冻。他很需要得到安慰。倘若所有这些理由加在一起还不够，那我愿意把这本书献给还是孩子时的这个大人。所有的大人起先都是孩子（可是他们中间不大有人记得这一点）。因此我把题献改为：

献给还是小男孩的莱翁·维尔特

Le
Petit
Prince

1

  我六岁那年，在一本描写原始森林的名叫《真实的故事》的书上，看见过一幅精彩的插图，画的是一条蟒蛇在吞吃一头猛兽。我现在把它照样画在上面。

书中写道："蟒蛇把猎物囫囵吞下，嚼都不嚼。然后它就无法动弹，躺上六个月来消化它们。"

当时，我对丛林里的奇妙景象想得很多，于是我也用彩色铅笔画了我的第一幅画：我的作品 1 号。它就像这样：

我把这幅杰作给大人看，问他们我的图画吓不吓人。

他们回答说："一顶帽子怎么会吓人呢？"

我画的不是一顶帽子。我画的是一条蟒蛇在消化大象。于是
我把蟒蛇肚子的内部画出来，好让这些大人看得明白。他们老是
要人给他们解释。我的作品2号是这样的：

那些大人劝我别再画蟒蛇，甭管它是剖开的，还是没剖开的，全都丢开。他们说，我还是把心思放在地理、历史、算术和语法上好。就这样，我才六岁，就放弃了辉煌的画家生涯。作品1号和作品2号都没成功，我泄了气。那些大人自个儿什么也弄不懂，老要孩子们一遍一遍给他们解释，真烦人。

我只好另外选择一个职业，学会了开飞机。世界各地我差不多都飞过。的确，地理学对我非常有用。我一眼就能认出哪儿是中国，哪儿是亚利桑那州。要是夜里迷了路，这很有用。

就这样，我这一生中，跟好多严肃的人打过好多交道。我在那些大人中间生活过很长时间。我仔细地观察过他们。观察下来印象并没好多少。

要是碰上一个人，看上去头脑稍许清楚些，我就拿出一直保存着的作品1号，让他试试看。我想知道，他是不是真的能看懂。可是人家总是回答我："这是一顶帽子。"这时候，我就不跟他说什么蟒蛇啊，原始森林啊，星星啊，都不说了。我就说些他能懂的事情。我跟他说桥牌，高尔夫，政治，还有领带。于是大人觉得很高兴，认识了这么个通情达理的人。

2

　　我孤独地生活着，没有一个真正谈得来的人，直到六年前，有一次飞机出了故障，降落在撒哈拉沙漠。发动机里有样什么东西碎掉了。因为我身边既没有机械师，也没有乘客，我就打算单枪匹马来完成一项困难的修复工作。这在我是个生死攸关的问题。我带的水只够喝一星期了。

　　第一天晚上，我睡在这片远离人烟的大沙漠上，比靠一块船板在大海中漂流的遇难者还孤独。所以，当天蒙蒙亮，有个奇怪的声音轻轻把我喊醒的时候，你们可以想象我有多么惊讶。这个声音说：

"对不起……请给我画只绵羊！"

"嗯！"

"请给我画只绵羊……"

我像遭了雷击似的，猛地一下子跳了起来。我使劲地揉了揉眼睛，仔细地看了看。只见一个从没见过的小人儿，正一本正经地看着我呢。后来我给他画了一幅非常出色的肖像，就是旁边的这幅。

后来我给他画了这幅非常出色的肖像。

不过我的画，当然远远不及本人可爱。这不是我的错。我的画家生涯在六岁那年就让大人给断送了，除了画剖开和不剖开的蟒蛇，后来再没画过什么。

我吃惊地瞪大眼睛瞧着他。你们别忘记，这儿离有人住的地方好远好远呢。可是这个小人儿，看上去并不像迷了路，也不像累得要命、饿得要命、渴得要命或怕得要命。他一点不像在远离人类居住地的沙漠里迷路的孩子。等我总算说得出话时，我对他说：

"可是……你在这儿干吗？"

他轻声轻气地又说了一遍，好像那是件很要紧的事情：

"对不起……请给我画一只绵羊……"

受到神秘事物强烈冲击时，一个人是不敢不听从的。尽管在我看来，离一切有人居住的地方远而又远，又处于死亡的威胁之下，在这儿想到画画真是匪夷所思，可我还是从口袋里掏出一张纸、一支钢笔。但我想起我只学了地理、历史、算术和语法，所以我就（有点没好气地）对那小人儿说，我不会画画。他回答说：

"没关系。请给我画一只绵羊。"

我因为从没画过绵羊，就在我只会画的两张图画里挑一张给他画了：没剖开的蟒蛇图。可我听到小人儿下面说的话，简直惊呆了：

"不对！不对！我不要在蟒蛇肚子里的大象。蟒蛇很危险，

大象呢，太占地方。在我

那儿，什么都是小小的。

我要的是一只绵羊。请给

我画一只绵羊。"

我只得画了起来。

他专心地看了一会儿，然后说：

"不对！这只羊已经病得不轻了。另外画一只吧。"

我画了右边的这只。

我的朋友温和地笑

了，口气宽容地说："你

看看……这只不是绵羊，是山羊。头上长着角……"

于是我又画了一张。

但这一张也跟前几张一样，没能通过：

"这只太老了。我要一只可以活得很久的绵羊。"

我已经没有耐心了，因为我急于要去把发动机拆下来，所以我就胡乱画了一张。

我随口说道：

"这个呢，是个箱子。你要的绵羊就在里面。"

但是令我吃惊的是，这个小评判的脸上顿时变得容光焕发了：

"我要的就是这个！你说，这只绵羊会要很多草吗？"

"问这干吗？"

"因为我那儿样样都很小……"

"肯定够了。我给你的是只很小的绵羊。"

他低下头去看那幅画：

"不算太小……瞧！它睡着了……"

就这样，我认识了小王子。

3

很久以后，我才弄明白他是从哪儿来的。

这个小王子，对我提了好多问题，而对我的问题总像没听见似的。我是从他偶尔漏出来的那些话里，一点一点知道这一切的。比如，他第一次瞧见我的飞机时（我没画我的飞机，对我来说，这样的画实在太复杂了），就问我：

"这是什么东西？"

"这不是什么东西，它会飞。
这是一架飞机，是我的飞机。"

我自豪地讲给他听，我在天

上飞。他听了就大声说：

"怎么！你是天上掉下来的？"

"是的。"我谦虚地说。

"喔！真有趣……"

小王子发出一阵清脆的笑声，这下可把我惹恼了。我不喜欢别人拿我的不幸逗趣儿。接着他又说：

"这么说，你也是从天上来的！你从哪个星球来？"

我脑子里闪过一个念头，他的降临之谜好像有了线索，我突如其来地发问：

"那你是从别的星球来的啰？"

可是他没有回答。他看着我的飞机，轻轻地点了点头：

"是啊，就靠它，你来的地方不会太远……"

说着，他出神地遐想了很久。而后，从袋里拿出我画的绵羊，全神贯注地凝望着这宝贝。

你想想看，这个跟"别的星球"有关，说了一半打住的话头，会让我多么惊讶啊。我竭力想多知道一些：

"你从哪儿来，我的小家伙？'我那儿'是哪儿？你要把我画的绵羊带到哪儿去？"

他若有所思地沉默了一会儿，然后开口对我说：

"你给了我这个箱子，这就好了，晚上可以给它当屋子。"

"当然。要是你乖，我还会给你一根绳子，白天可以把它拴住。木桩也有。"

这个提议好像使小王子很不以为然：

"拴住？真是怪念头！"

"可要是你不把它拴住，它就会到处跑，还会跑丢了……"

我的朋友又咯咯地笑了起来：

"你叫它往哪儿跑呀？"

"到处跑。笔直往前……"

这时，小王子一本正经地说：

"那也没关系，我那儿就一丁点儿大！"

然后，他又说了一句，语气中仿佛有点儿忧郁：

"就是笔直往前跑，也跑不了多远……"

小王子在 B612 号小行星上。

Le
Petit
Prince

4

我由此知道了另一件很重要的事情：他居住的星球比一座房子大不了多少！

这并没让我感到很吃惊。我知道，除了像地球、木星、火星、金星这些取了名字的大星球，还有成千上万的星球，它们有时候非常非常小，用望远镜都不大看得见。天文学家找到其中的一个星球，给它编一个号码就算名字了。比如说，他把它叫作"3251号小行星"。

　　我有很可靠的理由，足以相信小王子原先住的那个星球，就是 B612 号小行星。这颗小行星只在 1909 年被人用望远镜望见过一次，那人是一个土耳其天文学家。

　　当时，他在一次国际天文学大会上作了长篇论证。可是就为了他的服装的缘故，谁也不信他的话。大人哪，就是这样。

幸好，有一个土耳其独裁者下令，全国百姓都要穿欧洲的服装，违令者处死，这一下 B612 号小行星的名声总算保全了。那个天文学家在 1920 年重新作报告，穿着一套非常体面的西装。这一回所有的人都同意了他的观点。

我之所以要跟你们一五一十地介绍 B612 号小行星，还把它的编号也讲得明明白白，完全是为了大人。那些大人就喜欢数字。

你跟他们讲起一个新朋友，他们总爱问些无关紧要的问题。他们

不会问你："他说话的声音是怎样的？他喜欢玩哪些游戏？他是

不是收集蝴蝶标本？"他们问的是："他几岁？有几个兄弟？他

有多重？他父亲挣多少钱？"这样问过以后，他们就以为了解他

了。你要是对大人说："我看见一幢漂亮的房子，红砖墙，窗前

种着天竺葵，屋顶上停着鸽子……"他们想象不出这幢房子是怎

样的。你得这么跟他们说："我看见一幢十万法郎的房子。"他

们马上会大声嚷嚷："多漂亮的房子！"

所以，如果你对他们说："小王子是存在的，证据就是他那么可爱，他咯咯地笑，他还想要一只绵羊。一个人想要有只绵羊，这就是他存在的证据嘛。"他们会耸耸肩膀，只当你还是个孩子！可要是你对他们说："他来自 B612 号小行星。"他们就会深信不疑，不再问这问那地烦你了。他们就是这样。不必怪他们。孩子应该对大人多多原谅才是。

不过，当然，我们懂得生活，我们才不把数字放在眼里呢！我真愿意像讲童话那样来开始讲这个故事。我真想这样说：

"从前呀，有一个小王子，住在一个跟他身体差不多大的星球上，他想有个朋友……"对那些懂得生活的人来说，这样听上去会真实得多。

　　我不想人家轻率地来读我这本书。我讲述这段往事时，心情是很难过的。我的朋友带着他的绵羊已经离去六年了。我之所以在这儿细细地描述他，就是为了不要忘记他。忘记朋友是件令人伤心的事情。并不是人人都有过一个朋友的。再说，我早晚也会变得像那些只关心数字的大人一样的。也正是为了这个缘故，我买了一盒颜料和一些铅笔。到了我这年纪再重握画笔，是挺费劲的，况且当初我只画过剖开和没剖开的蟒蛇，还是六岁那年！当

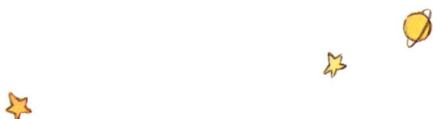

然，我一定要尽力把它们画得像一些。但做不做得到，我可说不准。有时这一张还行，那一张就不大像了。比如说，身材我就有点记不准确了。这一张里小王子画得太高了。那一张呢太矮了。衣服的颜色也挺让我犯难。我只好信手拿起色笔这儿试一下，那儿试一下。到头来，有些最要紧的细部，说不定都弄错了。不过这一切，大家都得原谅我才是。我的朋友从来不跟我解释什么。他大概以为我是跟他一样的。可是，很遗憾，我已经瞧不见箱子里面的绵羊了。我也许已经有点像那些大人了。我一定是老了。

5

每天我都会知道一些情况，或者是关于他的星球，或者是关于他怎么离开那儿、怎么来到这儿。这些情况，都是一点一点，碰巧知道的。比如说，在第三天，我知道了猴面包树的悲剧。

这一回，起因又是那只绵羊，因为小王子突然向我发问，好像忧心忡忡似的：

"绵羊当真吃灌木吗？"

"对。当真。"

"啊！我真高兴。"

我不明白，绵羊吃灌木，为什么会这么重要。小王子接着又说：

"这么说，它们也吃猴面包树啰？"

我告诉小王子，猴面包树不是灌木，而是像教堂那么高的大树，他就是领一群大象来，也吃不完一棵猴面包树呢。

领一群大象来的想法，惹得小王子笑了起来：

"那得让它们叠罗汉了……"

不过他很聪明，接着又说：

"猴面包树在长高以前，起初也是小小的。"

"一点不错。可你为什么想让绵羊去吃小猴面包树呢？"

他回答说："咦！这还不明白吗！"就像这是件不言而喻的事情。可是我自己要弄懂这个问题，还着实得动一番脑筋哩。

原来，在小王子的星球上，就像在别的星球上一样，有好的植物，也有不好的植物。结果呢，好植物有好种子，坏植物有坏种子。而种子是看不见的。它们悄悄地睡在地底下，直到有一天，其中有一颗忽然想起要醒了……于是它舒展身子，最先羞答答地朝太阳伸出一枝天真可爱的嫩苗。假如那是萝卜或玫瑰的幼苗，可以让它爱怎么长就怎么长。不过，假如那是一株不好的植物，一认出就得拔掉它。在小王子的星球上有一种可怕的种子……就是猴面包树的种子。星球的土壤里有好多猴面包树种子。而猴面包树长得很快，动手稍稍一慢，就甭想再除掉它了。它会占满整个星球，根枝钻来钻去，四处蔓延。要是这颗星球太小，而猴面包树又太多，它们就会把星球撑裂。

　　"这就得有个严格的约束，"小王子后来告诉我说，"你早晨梳洗好以后，就该仔仔细细地给星球梳洗了。猴面包树小的时候，跟玫瑰幼苗是很像的，那你就得给自己立个规矩，只要分清了哪是玫瑰，哪是猴面包树，就马上把猴面包树拔掉。这个工作很单调，但并不难。"

　　有一天，他劝我好好画一幅画，好让我那儿的孩子们都知道这回事。"要是他们有一天出门旅行，"他对我说，"说不定会用得着。有时候，你把一件该做的事耽搁一下，也没什么关系。可是，碰到猴面包树，这就要捅大娄子了。我知道有一个星球，上面住着一个懒人。有三株幼苗他没在意……"

在小王子的指点下，我画好了那颗星球。我一向不愿意摆出说教的架势。可是对猴面包树的危害，一般人都不了解，要是有人碰巧迷了路停在一颗小行星上，情况就会变得极其严峻。所以这一次，我破例抛开了矜持。我说："孩子们！当心猴面包树啊！"这幅画我画得格外卖力，就是为了提醒朋友们有这么一种危险存在，他们也像我一样，对在身边潜伏了很久的危险一直毫无觉察。要让大家明白这道理，我多费点劲也是值得的。你们也许会想："在这本书里，别的画为什么都没有这幅来得奔放有力呢？"回答很简单：我同样努力了，但没能成功。画猴面包树时，我内心非常焦急，情绪就受到了感染。

猴面包树

6

哦，小王子！就这样，我一点一点知道了你那段忧郁的生活。

过去很长的时间里，你唯一的乐趣就是观赏夕阳沉落的温柔晚景。

这个新的细节，我是在第四天早晨知道的。当时你对我说：

"我喜欢看日落。我们去看一回日落吧……"

"可是得等……"

"等什么？"

"等太阳下山呀。"

开始，你显得很惊奇，随后你自己笑了起来。你对我说：

"我还以为在家乡呢！"

可不。大家都知道，美国的中午，在法国正是黄昏。要是能在一分钟内赶到法国，就可以看到日落。可惜法国实在太远了。而在你那小小的星球上，你只要把椅子挪动几步就行了。那样，你就随时可以看到你想看的夕阳余晖……

"有一天，我看了四十三次日落！"

过了一会儿，你又说：

　　"你知道……一个人感到非常忧伤的时候，他就喜欢看日落……"

　　"这么说，看四十三次的那天，你感到非常忧伤啰？"

　　但是小王子没有回答。

7

第五天，还是羊的事情，把小王子生活的秘密向我揭开了。

他好像有个问题默默地思索了很久，终于得出了结论，突然没头没脑地问我：

"绵羊既然吃灌木，那它也吃花儿啰？"

"它碰到什么吃什么。"

"连有刺的花儿也吃？"

"对。有刺的也吃。"

"那么，刺有什么用呢？"

我不知道该怎么回答。当时我正忙着要从发动机上卸下一颗

拧得太紧的螺钉。我发现故障似乎很严重，饮用水也快完了。我
担心会发生最坏的情况，心里很着急。

"那么，刺有什么用呢？"

小王子只要提了一个问题，就不依不饶地要得到答案。而那
个螺钉正弄得我很恼火，我就随口回答了一句：

"刺呀，什么用都没有，纯粹是花儿想使坏呗。"

"喔！"

但他沉默了一会儿以后，愤愤然地冲着我说：

"我不信你的话！花儿是纤弱的，天真的。它们想尽量保护自己。它们以为有了刺就会显得很厉害……"

我没作声。我当时想："要是这颗螺钉再不松开，我就一锤子敲掉它。"小王子又打断了我的思路：

"可你，你却认为花儿……"

"行了！行了！我什么也不认为！我只是随口说说。我正忙着干正事呢！"

他惊愕地望着我。

"正事！"

他看我握着锤子，手指沾满油污，俯身对着一个他觉得非常丑陋的物件。

"你说话就像那些大人！"

这话使我有些难堪。而他毫不留情地接着说：

"你什么都分不清……你把什么都搅在一起！"

他真的气极了，一头金发在风中摇曳：

"我到过一个星球，上面住着一个红脸先生。他从没闻过花香。他从没望过星星。他从没爱过一个人。除了算账，他什么事也没做过。他成天像你一样说个没完：'我有正事要干！我有正事要干！'变得骄气十足。可是这算不得一个人，他是个蘑菇。"

"是个什么？"

"是个蘑菇！"

小王子这会儿气得脸色发白了。

"几百万年以前，花儿就长刺了。可几百万年以前，羊也早就在吃花儿了。刺什么用也没有，那花儿为什么要费那份劲去长刺呢？把这弄明白难道不是正

事吗？绵羊和花儿的战争难道不重要吗？这难道不比那个胖子红脸先生的算账更重要，更是正事吗？还有，如果我认识一朵世上独一无二的花儿，除了我的星球，哪儿都找不到这样的花儿，而有天早上，一只小羊甚至都不明白自己在做什么，就一口把花儿吃掉了，这难道不重要吗！"

他的脸红了起来，接着又往下说：

"如果有个人爱上一朵花儿，好几百万好几百万颗星星中间，只有一颗上面长着这朵花儿，那他只要望着许许多多星星，就会感到很幸福。他对自己说：'我的花儿就在其中的一颗星星上……'

可要是绵羊吃掉了这朵花儿，这对他来说，就好像满天的星星突然一下子都熄灭了！这难道不重要吗！"

他说不下去了，突然抽抽噎噎地哭了起来。夜色降临。我放下手中的工具。锤子呀，螺钉呀，口渴呀，死亡呀，我全都丢在了脑后。在一颗星星，在一颗我所在的行星，在这个地球上，有个小王子需要安慰！我把他抱在怀里。我摇着他，对他说："你爱的那朵花儿不会有危险的……我会给你的绵羊画一只嘴罩……

我会给你的花儿画一个护栏……我……"我不知道再说什么好了。我觉得自己笨嘴笨舌的。我不知道怎样去接近他，打动他……泪水的世界，是多么神秘啊！

8

我很快就对这朵花儿有了更多的了解。在小王子的星球上，过去一直长着些很简单的花儿，这些花儿只有一层花瓣，不占地方，也不妨碍任何人。某个早晨她们会在草丛中绽放，一到晚上又都悄悄凋谢了。有一天，一颗不知从哪儿来的种子发了芽，长出的嫩苗跟别的幼苗都不一样。小王子小心翼翼地观察着这株嫩苗，它说不定是猴面包树的一枝幼芽呢。但是这株嫩苗很快就不再长大，做起了开花的准备。小王子眼看着它长出一个很大很大的花蕾，心想花蕾绽放开来一定很奇妙。可是这朵花儿待在绿色的花萼里面，磨磨蹭蹭地打扮个没完。她精心挑选着自己的颜色，慢吞吞地穿上衣裙，一片一片地理顺花瓣。她不愿像虞美人[1]那样一亮相就是满脸皱纹。她要让自己美艳照人地来到世间。噢！对。她很爱俏！她那神秘的装扮，就这样日复一日地延续着。然后，有一天早晨，就在太阳升起的那一刻，她绽放了。

她精心打扮了那么久，这会儿却打着哈欠说：

"啊！我刚睡醒……真对不起……头发还是乱蓬蓬的……"

这时，小王子的爱慕之情油然而生：

"您真美！"

---

1 一种夏季开花的植物，花未开即下垂。

　　"可不是吗，"花儿柔声答道，"我是跟太阳同时出生的嘛……"

　　小王子感觉到了她不太谦虚，不过她实在太楚楚动人了！

　　"我想，现在该是用早餐的时间了，"她随即又说，"麻烦您也给我……"

小王子很不好意思，于是就打来一壶清水，给这朵花儿浇水。

就这样，她带着点多疑的虚荣心，很快就把他折磨得够呛。

比如说，有一天说起她的四根刺，她对小王子说：

"那些老虎，让它们张着爪子来好了！"

"我的星球上没有老虎，"小王子顶了她一句，"再说，老虎也不吃草呀。"

"我不是草。"花儿柔声答道。

"对不起……"

"我不怕老虎，可我怕风。您没有风障吗？"

"怕风……一棵植物到了这份上，那可惨了，"小王子轻声说，"花儿可真难伺候……"

"晚上您要把我罩起来。您这儿很冷。又没安顿好。我来的那地方……"

可是她没说下去。她来的时候是颗种子。她不可能知道别的世界是怎么样的。让人发现她说的谎这么不高明，她又羞又恼，就咳嗽了两三声，想让小王子觉得理亏：

"风障呢？"

"我正要去拿，可您跟我搭话了！"

于是她咳得更重了些，不管怎么说，她非让他感到内疚不可。

就这样，小王子尽管真心真意喜欢这朵花儿，可还是很快就对她起了疑心。他对那些无关紧要的话太当真了，结果自己很苦恼。

"我本来不该去听她说什么的，"有一天他对我说了心里话，"花儿说的话，是听不得的。花儿是让人看，让人闻的。这朵花儿让我的星球芳香四溢，我却不会享受这快乐。老虎爪子那些话，惹得我那么生气，其实我该同情她才是……"

他还对我说：

“我当时什么也不懂！看她这个人，应该看她做什么，而不是听她说什么。她给了我芳香，给了我光彩。我真不该逃走！我本该猜到她那小小花招背后的一片柔情。花儿总是这么表里不一！可惜当时我太年轻，还不懂得怎么去爱她。”

9

　　我想他是趁一群野鸟迁徙的机会出走的。动身的那天早晨，他把星球收拾得井井有条。他仔细地疏通了活火山。星球上有两座活火山，热早餐很方便。还有一座死火山。不过，正像他所说的："谁说得准呢！"所以这座死火山也照样要疏通。火山疏通过了，就会缓缓地、均匀地燃烧，不会喷发。火山喷发跟烟囱冒火是一样的。当然，在地球上，我们实在太小了，没法去疏通火山。它们造成那么多麻烦，就是由于这个缘故。

小王子还拔掉了刚长出来的几株猴面包树幼苗。他心情有点忧郁，心想这一走就再也回不来了。所有这些习惯的活儿，这天早上都显得格外亲切。而当他最后一次给花儿浇水，准备给她盖上罩子的时候，他只觉得想哭。

"再见啦。"他对花儿说。

可是她没有回答。

"再见啦。"他又说了一遍。

他仔细地疏通活火山。

花儿咳嗽起来。但不是由于感冒。

"我以前太傻了,"她终于开口了,"请你原谅我。但愿你能幸福。"

他感到吃惊的是,居然没有一声责备。他举着罩子,茫然不知所措地站在那儿。他不懂这般恬淡的柔情。

"是的,我爱你,"花儿对他说,"但由于我的过错,你一点儿也没领会。这没什么要紧。不过你也和我一样傻。但愿你能幸福……把这罩子放在一边吧,我用不着它了。"

"可是风……"

"我并不是那么容易感冒的……夜晚的新鲜空气对我有好

处。我是一朵花儿。"

"可是那些虫子和野兽……"

"我既然想认识蝴蝶，就应该受得了两三条毛虫。我觉得这样挺好。要不然有谁来看我呢？你，你到时候已经走得远远的了。至于野兽，我根本不怕。我也有爪子。"

说着，她天真地让他看那四根刺。随后她又说：

"别磨磨蹭蹭的，让人心烦。你已经决定要走了。那就走吧。"

因为她不愿意让他看见自己流泪。她是一朵如此骄傲的花儿……

10

这颗星球附近，还有 325 号、326 号、327 号、328 号、329 号和 330 号小行星。于是他开始拜访这些星球，好给自己找点事干，也好增长些见识。

第一颗小行星上住着一个国王。这个国王身穿紫红镶边白鼬皮长袍，端坐在一张简朴而又气派庄严的王座上。

"哈！来了一个臣民。"国王看见小王子，大声叫了起来。

可小王子觉得纳闷：

"他以前从没见过我，怎么会认识我呢？"

他不知道，对国王来说，世界是非常简单的。所有的人都是臣民。

"你走近点，让我好好看看你。"国王说，他觉得非常骄傲，因为他终于成了某个人的国王。

小王子朝四下里看看，想找个地方坐下来，可是整颗星球都被那袭华丽的白鼬皮长袍占满了。所以他只好站着，不过，由于他累了，就打了个哈欠。

"在国王面前打哈欠，有违宫廷礼仪，"国王对他说，"我禁止你打哈欠。"

"我没忍住，"小王子歉疚地说，"我走了好长的路，一直没睡觉……"

"那么，"国王对他说，"我命令你打哈欠。我有好几年没见人打哈欠了。我觉得打哈欠挺好玩。来！再打个哈欠。这是命令。"

"我给吓着了……打不出……"小王子涨红着脸说。

"嗨！嗨！"国王回答说，"那么我……我命令你一会儿打哈欠，一会儿……"

他嘟嘟哝哝的，看上去不大高兴。

国王其实是要别人尊重他的权威。他不能容忍别人不服从命令。他是个专制的君主。不过，因为他很善良，他下的命令都是通情达理的。

"要是我命令，"这番话他说得流畅极了，"要是我命令一个将军变成一只海鸟，那个将军不服从，这就不是那个将军的错，这是我的错。"

"我可以坐下吗？"小王子怯生生地问。

"我命令你坐下。"国王回答他说，庄重地挪了挪白鼬皮长袍的下摆。

可是小王子感到很奇怪。这么小的星球，国王能统治什么呢？

"陛下……"他说，"请允许我向您提个……"

"我命令你向我提问题。"国王赶紧抢着说。

"陛下……您统治什么呢？"

"一切。"国王的回答简单明了。

"一切?"

国王小心翼翼地做了个手势，指了指他的行星、其他的行星和所有的星星。

"全归您统治?"小王子问。

"全归我统治……"国王回答说。

因为他不仅是一国的专制君主，还是宇宙的君主。

"那些星星都服从您?"

"当然，"国王回答说，"我一下命令，它们马上就服从。我不能容忍纪律涣散。"

这样的权力使小王子惊叹不已。他如果拥有这样的权力，那么一天就不是看四十三次，而是七十二次，一百次，甚至两百次日落，连椅子都不用挪一挪！想起被他遗弃的小星球，他有点难过，所以就壮着胆子向国王提出一个请求：

"我想看一次日落……请您为我……命令太阳下山……"

"要是我命令一个将军像蝴蝶一样从一朵花儿飞到另一朵花儿，或者让他写一部悲剧，或者让他变成一只海鸟，而这个将军拒不执行命令，那是谁的错，是他的还是我的错呢？"

"那是您的错。"小王子肯定地说。

"正是如此。得让每个人去做他能做到的事情，"国王接着说，"权威首先得建立在合理的基础上。如果你命令你的老百姓都去投海，他们就会造反。我之所以有权让人服从，就是因为我的命令都是合情合理的。"

"那么我想看的日落呢？"小王子想起了这件事，他对自己提过的问题是不会忘记的。

"你会看到日落的。我会要它下山的。不过按照我的统治原则，要等到条件成熟的时候。"

"要等到什么时候呢？"小王子问。

"嗯！嗯！"国王先翻看一本厚厚的历书，然后回答说，"嗯！嗯！要等到，大概……大概……要等到今晚七点四十分左右！你会看到它乖乖地服从我的命令的。"

小王子打了个哈欠。看不到日落，让他感到挺遗憾。再说他也已经有点腻烦了：

"我在这儿没什么事好做了，"他对国王说，"我要走了！"

　　"别走。"国王回答说，他有了一个臣民，正骄傲着呢，"别走，我任命你当大臣！"

　　"什么大臣？"

　　"这个……司法大臣！"

　　"可是这儿没有人要审判呀！"

　　"那可说不定，"国王对他说，"我还没巡视过我的王国。我太老了，我没地方放马车，走路又累得慌。"

　　"噢！可是我已经看过了，"小王子说着，又朝这颗小行星的另一边瞥了一眼，"那边也没有一个人……"

　　"那你就审判你自己，"国王回答他说，"这是最难的。审判自己要比审判别人难得多。要是你能审判好自己，你就是个真正的智者。"

"可我，"小王子说，"我在哪儿都可以自己审判自己。我不必留在这儿呀。"

"嗨！嗨！"国王说，"我想哪，在我的星球上有只老耗子，夜里我听见它的声音。你可以审判这只老耗子。你可以不时判它死刑。这样啊，它的生命就取决于你的判决了。不过，这只耗子你得悠着点儿用，每次判决后都得赦免它。因为只有这么一只耗子。"

"可我，"小王子回答说，"我不喜欢判死刑，我想我还得走。"

"不行。"国王说。

去意已决的小王子不想让老国王难过：

"陛下如果想让命令立刻得到服从，那就不妨下一道合情合理的命令。比如说，陛下可以命令我在一分钟内离开此地。我觉得条件已经成熟……"

国王一声不吭，小王子起先有点犹豫，而后叹了口气，就起程了。

"我任命你当我的大使。"这时国王赶紧喊道。

他的神态威严极了。

"这些大人真奇怪。"小王子在旅途中自言自语地说。

11

第二颗行星上住着一个爱虚荣的人。

"哈哈！有个崇拜者来看我了！"这个爱虚荣的人刚看见小王子，大老远就喊了起来。

因为，在爱虚荣的人眼里，别人都是他们的崇拜者。

"您好，"小王子说，"您这顶帽子挺有趣的。"

"这是用来致意的，"爱虚荣的人回答说，"人家

向我欢呼时，我就用帽子向他们致意。可惜啊，一直没人经过这儿。"

"是吗？"小王子说，他没明白那人的意思。

"你用一只手去拍另一只手。"于是爱虚荣的人这样教他。

小王子就拍起巴掌来了。爱虚荣的人抬起帽子，谦逊地致意。

"这比访问那个国王好玩多了。"小王子心想。他又拍起巴掌来了。爱虚荣的人就又抬起帽子致意。

这样玩了五分钟，小王子觉得太单调，他都玩累了：

"要想叫这顶帽子掉下来，该怎么做呢？"

可是爱虚荣的人没听见他的话。爱虚荣的人只听得见颂扬的话。

"你真的很崇拜我吗？"他问小王子。

"崇拜是什么意思？"

"崇拜的意思就是，承认我是这个星球上最英俊、最摩登、最富有、最有学问的人。"

"可是这个星球上只有你一个人呀！"

"你得帮我这个忙。你只管崇拜我就是了！"

"我崇拜你，"小王子说着，微微耸了耸肩膀，"可是你要这个干什么呢？"

说着，小王子就走开了。

"这些大人真的很怪哟。"一路上，他这么对自己说了一句。

12

　　下一颗行星上住着一个酒鬼。这次访问时间很短，却使小王子陷入了深深的怅惘之中。

　　他看见那个酒鬼静静地坐在桌前，面前有一堆空酒瓶和一堆装得满满的酒瓶，他就问："你在那儿干什么呢？"

　　"我喝酒。"酒鬼神情悲伤地回答。

　　"你为什么要喝酒呢？"小王子问。

　　"为了忘记。"酒鬼回答。

　　"忘记什么？"小王子已经有些同情他了。

"忘记我的羞愧。"酒鬼垂下脑袋坦白说。

"为什么感到羞愧？"小王子又问，他想帮助这个人。

"为喝酒感到羞愧！"酒鬼说完这句话，就再也不开口了。

小王子茫然不解地走了。

"这些大人真的很怪很怪。"一路上，他自言自语地说。

13

第四颗行星是个商人的星球。这个人实在太忙碌了，看见小王子来，连头也没抬一下。

"您好，"小王子对他说，"您的烟卷灭了。"

"三加二等于五。五加七等于十二。十二加三等于十五。你好。十五加七等于二十二。二十二加六是二十八。没时间再去点着它。二十六加五，三十一。噢！一共是五亿一百六十二万二千七百三十一。"

"五亿什么呀？"

"嗯？你还在这儿？五亿一百六十二万……我也不知道是什

么了……我的工作太多了！我做的都是正事，我没有工夫闲聊！

二加五等于七……"

"五亿一百万什么？"小王子又问一遍，他向来是不提问题

则罢，提了就绝不放过。

商人抬起头来：

"我在这个星球上住了五十四个年头，只被打搅过三次。第一次是二十二年以前，有只不知从哪儿跑来的金龟子，弄出一片可怕的声音，害得我在一笔账目里出了四个差错。第二次是十一年前，我风湿病发作。我平时缺乏锻炼。我没工夫去闲逛。我是干正事的人。第三次……就是这次！所以我刚才说了，五亿一百六十二万……"

"五亿一百六十二万什么？"

商人明白他是甭想太平了：

"五亿一百六十二万个小东西，有时候在天空里看得见它们。"

"苍蝇？"

"不对，是闪闪发亮的小东西。"

"蜜蜂？"

"不对。是些金色的小东西，无所事事的人望着它们会胡思乱想。可我是干正事的人！我没工夫去胡思乱想。"

"噢！是星星？"

"对啦。星星。"

"你拿这五亿颗星星做什么呢？"

"五亿一百六十二万二千七百三十一颗。我是个认真的人，我讲究精确。"

"那你拿这些星星来做什么呢？"

"我拿它们做什么？"

"是啊。"

"不做什么。我占有它们。"

"你占有这些星星？"

"对。"

"可我已经见到有个国王，他……"

"国王并不占有。他们只是'统治'。这完全是两码事。"

"占有这些星星对你有什么用呢？"

"可以使我富有。"

"富有对你有什么用呢？"

"可以去买其他的星星——只要有人发现了这样的星星。"

"这个人，"小王子暗自思忖，"想问题有点像那个酒鬼。"

话虽这么说，他还是接着提问题：

"一个人怎么能够占有这些星星呢？"

"它们属于谁了？"商人没好气地顶了他一句。

"我不知道。谁也不属于。"

"那么它们就属于我，因为是我第一个想到这件事的。"

"这就够了？"

　　"当然。当你发现一颗不属于任何人的钻石，它就属于你。当你发现一个不属于任何人的岛屿，它就属于你。当你最先想出一个主意，你去申请发明专利，它就属于你。现在我占有了这些星星，因为在我以前没有人想到过占有它们。"

　　"这倒也是，"小王子说，"可你拿它们来做什么呢？"

　　"我经营它们。我一遍又一遍地计算它们的数目，"商人说，"这并不容易。可我是个干正事的人！"

　　小王子还是不满意。

　　"我呀，如果我有一块方围巾，我可以把它围在脖子上带走它。如果我有一朵花儿，我可以摘下这朵花儿带走它。可是你没法摘下这些星星呀！"

"没错，但是我可以把它们存入银行。"

"这是什么意思？"

"这就是说，我把我的星星的总数写在一张小纸片上。然后我把这张小纸片放进一个抽屉锁好。"

"就这些？"

"这就够了！"

"真有趣，"小王子心想，"倒挺有诗意的。可这算不上什么正事呀。"

小王子对正事的看法，跟大人对正事的看法很不相同。

　　"我有一朵花儿，"他又说道，"我每天都给她浇水。我有三座火山，我每星期都把它们疏通一遍。那座死火山我也疏通。因为谁也说不准它还会不会喷发。我占有它们，对火山有好处，对花儿也有好处。可是你占有星星，对它们没有好处。"

　　商人张口结舌，无言以对。小王子就走了。

　　"这些大人真的好古怪。"一路上，他只是自言自语说了这么一句。

14

第五颗行星非常奇怪。这是最小的一颗。上面刚好只能容得下一盏路灯和一个点灯人。小王子好生纳闷,在天空的一个角落,在一个既没有房子也没有居民的行星上,要一盏路灯和一个点灯人,又能有什么用呢? 不过他还是对自己说:

"很可能这个人是有点不正常。但是跟那个国王,那个爱虚荣的人,那个商人和那个酒鬼比起来,他还是要比他们正常些。至少他的工作还有意义。他点亮路灯,就好比唤醒了另一个太阳或者一朵花儿。他熄灭路灯,就好比让这朵花儿或这个太阳睡觉了。这是件很美的事情。既然很美,自然就有用啰。"

他一到这个星球,就很尊敬地向点灯人打招呼:

"早上好。你刚才为什么把路灯熄掉呢？"

"这是规定，"点灯人回答说，"早上好。"

"什么规定？"

"熄灭路灯呗。晚上好。"

说着他又点亮了路灯。

"那你刚才为什么又点亮路灯呢？"

"这是规定。"点灯人回答说。

"我弄不懂。"小王子说。

"没什么要弄懂的，"点灯人说，"规定就是规定。早上好。"

说着他熄灭了路灯。

然后他用一块有红方格的手帕擦了擦额头。

"我干的是件非常累人的差事。以前还说得过去。我早晨熄灯，晚上点灯。白天我有时间休息，夜里也有时间睡觉……"

"那么，后来规定改变了？"

"规定没有改变，"点灯人说，"惨就惨在这儿！这颗行星一年比一年转得快，可规定却没变！"

"结果呢？"小王子说。

"结果现在每分钟转一圈，我连一秒钟的休息时间都没有。我每分钟就要点一次灯，熄一次灯！"

"这可真有趣！你这儿一天只有一分钟！"

"我干的是件非常累人的差事。"

　　"一点也不有趣，"点灯人说，"我们说着话，就已经一个月过去了。"

　　"一个月？"

　　"对。三十分钟。三十天！晚上好。"

　　说着他点亮了路灯。

　　小王子瞧着他，心里喜欢上了这个忠于职守的点灯人。他想起了自己以前的挪椅子看日落。他挺想帮助这个朋友：

　　"你知道……我有一个办法，好让你想休息就能休息……"

　　"我一直想休息。"点灯人说。

　　因为，一个人可以同时是忠于职守的，又是生性疏懒的。

小王子接着说：

"你的星球小得很，你走三步就绕了一圈。所以你只要走得慢一些，就可以一直待在阳光下。你要想休息了，就往前走……你要白天有多长，它就有多长。"

"这办法帮不了我多少忙，"点灯人说，"我这人，平生就喜欢睡觉。"

"真不走运。"小王子说。

"真不走运。"点灯人说，"早上好。"

说着他熄灭了路灯。

"这个人呀，"小王子一边继续他的旅途，一边在想，"国

王也好，爱虚荣的人也好，酒鬼也好，商人也好，他们都会瞧不

起这个人。可是，就只有他没让我感到可笑。也许，这是因为他

关心的是别的事情，而不是自己。"

他惋惜地叹了口气，又自言自语说：

"只有这个人我可以跟他交朋友。可是他的星球实在太小了。

两个人挤不下……"

小王子不敢承认的是，他留恋这颗受上苍眷顾的星球，是因

为每二十四小时就有一千四百四十次日落！

15

第六颗行星，是一颗比第五颗大十倍的行星。上面住着一个老先生，他在写一本大部头的著作。

"瞧！来了一位探险家！"他一看见小王子，就喊道。

小王子坐在桌边，喘了喘气。他刚走了那么多路！

"你从哪儿来啊？"老先生问他。

"这一大本是什么书？"小王子说，"您在这儿干什么呢？"

"我是地理学家。"老先生说。

"什么叫地理学家？"

"地理学家是个学者，他知道哪儿有海洋，有河流，有城市，

有山脉和沙漠。”

　　“这挺有趣，”小王子说，“啊，这才是真正的职业！”说着他朝地理学家的星球四周望了一眼。他还从没见过这么雄伟壮丽的星球哩。

"您的星球真美。它有海洋吗？"

"这我没法知道。"地理学家说。

"哦！"小王子有点失望，"那么山脉呢？"

"这我没法知道。"地理学家说。

"城市、河流和沙漠呢？"

"这我也没法知道。"地理学家说。

"可您是地理学家呀！"

"一点不错，"地理学家说，"但我不是探险家。我这里一个探险家也没有。地理学家是不出去探测城市、河流、山脉、海洋和沙漠的。地理学家非常重要，他不能到处闲逛。他从不离开自己的书房。不过他会在那里接见探险家。他向他们提问，把他们的旅行回忆记下来。要是他觉得他们中间哪个人的回忆有意思，他就会让人对这个探险家的品行做一番调查。"

"这是为什么？"

"因为一个说谎的探险家会给地理书带来灾难性的后果。一个贪杯的探险家也是如此。"

"这是为什么？"小王子问。

"因为酒鬼会把一样东西看成两样东西。这样一来，地理学家就会把明明只有一座山的地方写成有两座山了。"

"我认识一个人，"小王子说，"他当探险家就不行。"

"这有可能。所以，要等到了解探险家品行良好以后，才对他的发现进行调查。"

"去看一下？"

"不。这太复杂了。地理学家只要求探险家提供物证。比如说，他发现了一座大山，地理学家就要求他带一块大石头来。"

地理学家忽然激动起来。

"嗨，你是大老远来的！你是探险家！你给我说说你的星球！"

说着，地理学家打开笔记本，削了支铅笔。地理学家一开始只用铅笔记下探险家讲的话。要等到这个探险家提供物证以后，才换用钢笔来记录。

"怎么样？"地理学家问。

"哦！我那儿，"小王子说，"并不很有趣，那是颗很小的星球。

我有三座火山。两座活火山，一座死火山。不过这也说不定。"

"这可说不定。"地理学家说。

"我还有一朵花儿。"

"花儿我们是不记下来的。"地理学家说。

"这是为什么？花儿是最美的呀！"

"因为花是转瞬即逝的。"

"什么叫'转瞬即逝'呢？"

"地理书，"地理学家说，"是所有的书中间最宝贵的。地理书永远不会过时。山脉移位的情形是极其罕见的。海洋干涸的情形也是极其罕见的。我们写的都是永恒的事物。"

"可是死火山说不定也会醒来，"小王子插话说，"什么叫

'转瞬即逝'呢？"

"火山睡也好，醒也好，对我们地理学家来说是一码事，"地理学家说，"我们关心的是山。山是一成不变的。"

"可是，什么叫'转瞬即逝'呢？"小王子追问道，他向来提了问题就不肯放过。

"意思就是'随时有消逝的危险'。"

"我的花儿随时有消逝的危险吗？"

"当然。"

"我的花儿是转瞬即逝的，"小王子想道，"她只有四根刺可以自卫，可以用来抵御这个世界！而我却丢下她孤零零地在那儿！"

想到这儿，他不由得感到了后悔。不过他马上又振作起来：

"依您看，我再去哪儿访问好呢？"他问。

"地球吧，"地理学家回答说，"它的名气挺响……"

于是小王子走了，一边走一边想着他的花儿。

16

所以，第七颗行星就是地球了。

地球可不是普普通通的行星！它上面有一百十一个国王（当然，黑人国王也包括在内），七千个地理学家，九十万个商人，七百五十万个酒鬼，三亿一千一百个爱虚荣的人，总共大约有二十亿个大人。

为了让你们对地球的大小有个概念，我就这么对你们说吧，在发明电以前，地球的六大洲上，需要维持一支四十六万二千五百一十一人的浩浩荡荡的点灯人大军。

从稍远些的地方看去，这是一幅壮丽的景观。这支大军行动起来，就像在歌剧院里跳芭蕾舞那样有条不紊。最先上场的是新西兰和澳大利亚的点灯人。点着了灯，他们就退下去睡觉。接着是中国和西伯利亚的点灯人上场，随后他们也退到幕后。下面轮到了俄罗斯和印度的点灯人。接下去是非洲和欧洲的，而后是南美的。再后来是北美的。所有这些点灯人从来不会搞乱上场的次序。这场面真是蔚为壮观。

只有北极（那儿只有一盏路灯）的点灯人和南极（那儿也只有一盏路灯）的那个同行，过着悠闲懒散的生活：他俩一年干两回活儿。

17

一个人如果想把话说得有趣些，免不了会稍稍撒点谎。我给你们讲点灯人大军的那会儿，就不是很诚实。那些不了解我们行星的人，听了我讲的故事，可能会造成一种错觉。其实人在地球上只占一点点地方。倘若让地球上的二十亿居民全都挨个儿站着，就像集会时那样，那么二十海里长、二十海里宽的一个广场就容得下他们。全人类可以挤在太平洋上最小的一个岛屿上。

当然，大人是不会相信你们的。他们自以为占了好多好多地方。他们把自己看得跟猴面包树一样重要。你们不妨劝他们好好算一算。他们喜欢数字，说到计算就来劲。不过你们可别浪费时间，去做这种叫人厌烦的事情。根本不用去做。你们相信我就行了。

所以小王子一踏上地球，就觉得奇怪，怎么一个人也看不见呢。他正在担心是不是来错了星球，忽然看见沙地上一个月白色的圆环在挪动。

"晚上好。"小王子没把握地招呼说。

"晚上好。"蛇说。

"我落在哪个行星上了？"小王子问。

"在地球上，这是非洲。"蛇回答。

"噢！难道地球上一个人也没有吗？"

"这儿是沙漠。在沙漠上是一个人也没有的。地球大着呢。"蛇说。

小王子在一块石头上坐下，抬头望着天空：

"我在想，"他说，"这些星星闪闪发亮，大概是要让每个人总有一天能找到自己的那颗星星吧。瞧我的那颗星星。它正好在我们头顶上……可是它离得那么远！"

"它很美，"蛇说，"你到这儿来干吗？"

"我和一朵花儿闹了别扭。"小王子说。

"噢！"蛇说。

他俩都沉默了。

"哪儿见得到人呢？"小王子终于又开口了，"在沙漠里真有点孤独……"

"在人群中间，你也会感到孤独。"蛇说。

小王子久久地注视着蛇：

"你真是种奇怪的动物，"最后他说，"细得像根手指……"

"可我比一个国王的手指还厉害呢。"蛇说。

小王子笑了：

"你厉害不到哪儿去……你连脚都没有……要出远门你就不行吧？"

"我可以把你带到很远很远的地方去，比一艘船去的地方还远。"蛇说。

它盘在小王子的脚踝上，像一只金镯子：

"凡是我碰过的人，我都把他们送回老家去，"它又说，"可你这么纯洁，又是从一颗星星那儿来的……"

小王子没有作声。

"在这个花岗岩的地球上，你是这么弱小，我很可怜你。哪天你要是想念你的星星了，我可以帮助你。我可以……"

"噢！我明白你的意思，"小王子说，"可为什么你说的话都像谜似的？"

"这些谜我都能解开。"蛇说。

然后他们又都沉默了。

"你真是种奇怪的动物，"最后他说，"细得像根手指……"

18

　　小王子穿过沙漠，只见到了一朵花儿。一朵长着三片花瓣的花儿，一朵不起眼的花儿……

　　"你好。"小王子说。

　　"你好。"花儿说。

　　"人们在哪儿呢？"小王子有礼貌地问。

　　花儿看见过一支沙漠驼队经过：

　　"人们？我想是有的，不是六个就是七个。好几年以前，我见过他们。不过谁也不知道，要上哪儿才能找到他们。风把他们一会儿吹到这儿，一会儿吹到那儿。他们没有根，活得很辛苦。"

“再见了。”小王子说。

“再见。”花儿说。

19

　　小王子攀上一座高山。他过去只见过三座齐膝高的火山。他还把那座死火山当凳子坐哩。"从一座这么高的山上望下去，"他心想，"我一眼就能看到整个星球和所有的人们……"可是，他看到的只是些陡峭的山峰。

　　"你们好。"他怯生生地招呼说。

　　"你们好……你们好……你们好……"回声应道。

　　"你们是谁呀？"小王子问。

　　"你们是谁呀……你们是谁呀……你们是谁呀……"回声应道。

"请做我的朋友吧，我很孤独。"他说。

"我很孤独……我很孤独……我很孤独……"回声应道。

"这颗行星可真怪！"他心想，"又干，又尖，又锋利。人们一点想象力都没有。他们老是重复别人对他们说的话……在我那儿有一朵花儿，她总是先开口说话的……"

这颗行星又干，又尖，又锋利。

20

小王子在沙漠、山岩和雪地上走了很长时间以后，终于发现了一条路。所有的路都通往有人住的地方。

"你们好。"他说。

眼前是一座玫瑰盛开的花园。

"你好。"玫瑰们说。

小王子瞧着她们。她们都长得和他的花儿一模一样。

"你们是什么花呀？"他惊奇地问。

"我们是玫瑰花。"玫瑰们说。

"噢！……"小王子说。

他感到非常伤心。他的花儿跟他说过，她是整个宇宙中独一无二的花儿。可这儿，在一座花园里就有五千朵，全都一模一样！

"要是让她看到了，"他想，"她一定会非常生气……她会拼命咳嗽，她还会假装死去，免得让人耻笑。我呢，还得假装去照料她，否则她为了让我感到羞愧，说不定真的会让自己死去……"

随后他又想："我还以为自己拥有的是独一无二的一朵花儿呢，可我有的只是普普通通的一朵玫瑰花罢了。这朵花儿，加上那三座只到我膝盖的火山，其中有一座还说不定永远不会再喷发，就凭这些，我怎么也成不了一个伟大的王子……"想着想着，他趴在草地上哭了起来。

他趴在草地上哭了起来

21

就在这时狐狸出现了。

"早哇。"狐狸说。

"早。"小王子有礼貌地回答，他转过身来，却什么也没看到。

"我在这儿呢，"那声音说，"在苹果树下面……"

"你是谁？"小王子说，"你很漂亮。"

"我是一只狐狸。"狐狸说。

"来和我一起玩吧，"小王子提议，"我很不快活……"

"我不能和你一起玩，"狐狸说，"还没人驯养过我呢。"

"噢！对不起。"小王子说。

不过，他想了想又说：

"'驯养'是什么意思?"

"你一定不是这儿的人，"狐狸说，"你来寻找什么呢?"

"我来找人，"小王子说，"'驯养'是什么意思?"

"人哪，"狐狸说，"他们有枪，还打猎。讨厌极了! 他们

还养母鸡，这总算有点意思。你也找母鸡吗？"

"不找，"小王子说，"我找朋友。'驯养'是什么意思？"

"这是一件经常被忽略的事情，"狐狸说，"意思是'建立感情联系'……"

"建立感情联系？"

"可不是，"狐狸说，"现在你对我来说，只不过是个小男孩，跟成千上万别的小男孩毫无两样。我不需要你。你也不需要我。我对你来说，也只不过是个狐狸，跟成千上万别的狐狸毫无两样。但是，你要是驯养了我，我俩就彼此都需要对方了。你对我来说是世界上独一无二的。我对你来说，也是世界上独一无二的……"

"我有点明白了，"小王子说。"有一朵花儿……我想她是驯养了我……"

"有可能，"狐狸说，"这个地球上各色各样的事都有……"

"哦！不是在地球上。"小王子说。

狐狸看上去很惊讶：

"在另一个星球上？"

"对。"

"在那个星球上有没有猎人呢？"

"没有。"

"哈，这很有意思！那么母鸡呢？"

"没有。"

"没有十全十美的事呵。"狐狸叹气说。

不过，狐狸很快又回到刚才的想法上来：

"我的生活很单调。我去捉鸡，人来捉我。母鸡全都长得一个模样，人也全都长得一个模样。所以我有点腻了。不过，要是你驯养我，我的生活就会变得充满阳光。我会辨认出一种和其他所有人都不同的脚步声。听见别的脚步声，我会往地底下钻，而你的脚步声，会像音乐一样，把我召唤到洞外。还有，你看！你看到那边的麦田了吗？我是不吃面包的。麦子对我来说毫无用处。我对麦田无动于衷。可悲就可悲在这儿！而你的头发是金黄色的。

所以，一旦你驯养了我，事情就变得很美妙了！金黄色的麦子，

会让我想起你。我会喜爱风儿吹拂麦浪的声音……"

狐狸停下来，久久地注视着小王子：

"请你……驯养我吧！"它说。

"我很愿意，"小王子回答说，"可是我时间不多了。我得

去找朋友，还得去了解许多东西。"

"只有驯养过的东西，你才会了解它，"狐狸说，"人们根

本没有时间去了解任何东西。他们总到商店去购买现成的东西。

可是朋友是商店里买不到的，所以他们就不会有朋友。你如果想

要有朋友，就驯养我吧！"

"那么应当做些什么呢？"小王子说。

"应当很有耐心，"狐狸回答说，"你先坐在草地上，离我稍远一些，就像这样。我从眼角里瞅你，而你什么也别说。语言是误解的根源。不过，每天你都可以坐得离我稍稍近一些……"

第二天，小王子又来了。

"最好你能在同一时间来，"狐狸说，"比如说，下午四点钟吧，那么我在三点钟就会开始感到幸福了。时间越来越近，我就越来越幸福。到了四点钟，我会兴奋得坐立不安；我会觉得，幸福原来也折磨人哟！可要是你随便什么时候来，我就没法知道什么时候该准备好我的心情……还是得有个仪式。"

"什么叫仪式？"小王子问。

"这也是一件经常被忽略的事情，"狐狸说，"就是定下一个日子，使它不同于其他的日子，定下一个时间，使它不同于其他的时间。比如说，猎人有一种仪式。每星期四他们都和村里的姑娘跳舞。所以呢，星期四就是个美妙的日子！这一天我总要到葡萄地里去转悠转悠。要是猎人们随便什么时候都跳舞，每天不就都一模一样，我不也就没有假期了吗？"

就这样，小王子驯养了狐狸。而后，眼看分手的时刻临近了：

"哎！"狐狸说，"……我要哭了。"

"这可是你的不是哟，"小王子说，"我本来没想让你受伤害，可你却要我驯养你……"

"可不是。"狐狸说。

"现在你要哭了！"小王子说。

"可不是。"狐狸说。

"你什么好处也没得到！"

"我得到了，"狐狸说，"是麦田的颜色给我的。"

他随即又说：

"如果你能在下午四点钟来，那么我在三点钟就会有一种幸福的感觉。"

"你再去看看那些玫瑰花吧。你会明白你那朵玫瑰是世界上独一无二的。然后你再回来跟我告别，我要告诉你一个秘密作为临别礼物。"

小王子就去看那些玫瑰。

"你们根本不像我那朵玫瑰，你们还什么都不是呢，"他对她们说，"谁都没驯养过你们，你们也谁都没驯养过。你们就像狐狸以前一样。那时候的他，和成千上万别的狐狸毫无两样。可是我现在和他做了朋友，他在世界上就是独一无二的了。"

玫瑰们都很难为情。

"你们很美，但你们是空虚的，"小王子接着说，"没有人能为你们去死。当然，我那朵玫瑰在一个过路人眼里跟你们也一样。然而对于我来说，单单她这一朵，就比你们全体都重要得多。因为我给浇过水的是她，我给盖过罩子的是她，我给遮过风障的是她，我给除过毛虫的（只把两三条要变成蝴蝶的留下）也是她。我听她抱怨和自夸，有时也和她默默相对。她，是我的玫瑰。"

说完，他又回到狐狸跟前：

"再见了……"他说。

"再见，"狐狸说，"我告诉你那个秘密，它很简单：只有用心才能看见。本质的东西用眼是看不见的。"

"本质的东西用眼是看不见的。"小王子重复了一遍，他要记住这句话。

"正是你为你的玫瑰花费的时光，才使你的玫瑰变得如此重要。"

"正是我为我的玫瑰花费的时光，才使我的玫瑰变得如此重要。"小王子说，他要记住这句话。

"人们已经忘记了这个道理，"狐狸说，"但你不该忘记它。对你驯养过的东西，你永远负有责任。你必须对你的玫瑰负责……"

"我必须对我的玫瑰负责……"小王子重复一遍，他要记住这句话。

22

"你好。"小王子说。

"你好。"扳道工说。

"你在这儿做什么？"小王子问。

"我在分送旅客，一千人一拨，"扳道工说，"我发送运载旅客的列车，一会儿往右，一会儿往左。"

说着，一列灯火通明的快车，像打雷似的轰鸣着驶过，震得扳道房直打战。

"他们好匆忙，"小王子说，"他们去找什么呢？"

"开火车的人自己也不知道。"扳道工说。

说话间，又一列灯火通明的快车，朝相反的方向轰鸣而去。

"他们已经回来了？"小王子问。

"不是刚才的那列，"扳道工说，"这是对开列车。"

"他们对原来的地方不满意吗？"

"人们对自己的地方从来不会满意。"扳道工说。

第三列灯火通明的快车轰鸣着驶过。

"他们是去追赶第一批旅客吗？"小王子问。

"他们没追赶谁，"扳道工说，"他们在里面睡觉，或者打哈欠。只有孩子把鼻子贴在窗上看外面。"

"只有孩子知道自己在找什么，"小王子说，"他们在一个布娃娃身上花了好些时间，她对他们来说就成了很重要的东西。要是有人夺走他们的布娃娃，他们会哭的……"

"他们真幸运。"扳道工说。

23

"你好。"小王子说。

"你好。"商人说。

他是个卖复方止渴丸的商人。每星期只要吞服一粒，就不会感到口渴了。

"你为什么要卖这东西？"小王子问。

"它可以大大节约时间，"商人说，"专家做过计算。每星期可以省下五十三分钟。"

"省下的五十三分钟做什么用呢？"

"随便怎么用都行……"

"我呀，"小王子心想，"要是我省下这五十三分钟，我就不慌不忙地朝泉水走去……"

24

这是我降落在沙漠后的第八天，我听着这个商人的故事，喝完了最后一滴备用水。

"喔！"我对小王子说，"你的回忆很动人，可是我飞机还没修好，水也喝完了，要是我能朝泉水走去，那真是有福了！"

"我那狐狸朋友……"他说。

"小家伙，这可不干狐狸的事！"

"为什么？"

"因为我快要渴死了……"

他没明白我的思路，回答我说：

"有朋友真好，即使就要死了，我也还是这么想。我真高兴，有过一个狐狸朋友……"

"他没明白情势有多凶险，"我心想，"他从来不知道饥渴。只要有点阳光，他就足够了……"

然而他注视着我，好像知道我心里在想什么：

"我也渴……我们去找一口井吧……"

我做了个表示厌烦的手势：在一望无垠的沙漠中，漫无目标地去找井，简直是荒唐。然而，我们到底还是上路了。

默默地走了几个钟头以后，夜幕降临了，星星在天空中闪烁起来。由于渴得厉害，我有点发烧，望着天上的星星，仿佛在梦中。小王子的话在脑海里盘旋舞蹈。

"你也渴？"我问。

他没有回答我的问题，只对我说：

"水对心灵也有好处……"

我没听懂他的话，但我没作声……我知道，这会儿不该去问他。

他累了。他坐了下来。我坐在他身旁。沉默了一会儿，他又说：

"星星很美，因为有一朵看不见的花儿……"

我说了声"可不是"，就静静地注视着月光下沙漠的褶皱。

"沙漠很美。"他又说。

没错。我一向喜欢沙漠。我们坐在一个沙丘上。什么也看不见。什么也听不见。然而有什么东西在寂静中发出光芒……

"沙漠这么美,"小王子说,"是因为有个地方藏着一口井……"

我非常吃惊,突然间明白了沙漠发光的奥秘。我小时候住在一座老宅子里,传说宅子里埋着宝藏。当然,从来没人发现过这宝藏,或许根本没人寻找过它。但是它使整座宅子变得令人着迷。我的宅子,把一个秘密藏在我心灵深处了……

"对,"我对小王子说,"不管是宅子,还是星星或沙漠,使它们变美的东西,都是看不见的!"

"我很高兴,"他说,"你和狐狸的看法一样了。"

　　看小王子睡着了，我把他抱起来，重新上路。我很激动。我觉得就像捧着一件易碎的宝贝。我甚至觉得在地球上，再没有更娇弱的东西了。我在月光下看着他苍白的前额，紧闭的眼睛，还有那随风飘动的发绺，在心里对自己说："我所看到的只是外貌。最重要的东西是看不见的……"

　　当他微微张开的嘴唇绽出一丝笑意时，我又对自己说："在这个熟睡的小王子身上，最让我感动的，是他对一朵花儿的忠贞，这朵玫瑰的影像，即使在他睡着时，仍然在他身上发出光芒，就像一盏灯的火焰一样……"这时我把他想得更加娇弱了。应该好好保护灯火呵，一阵风就会吹灭它……

　　就这样走啊走啊，我在拂晓时发现了水井。

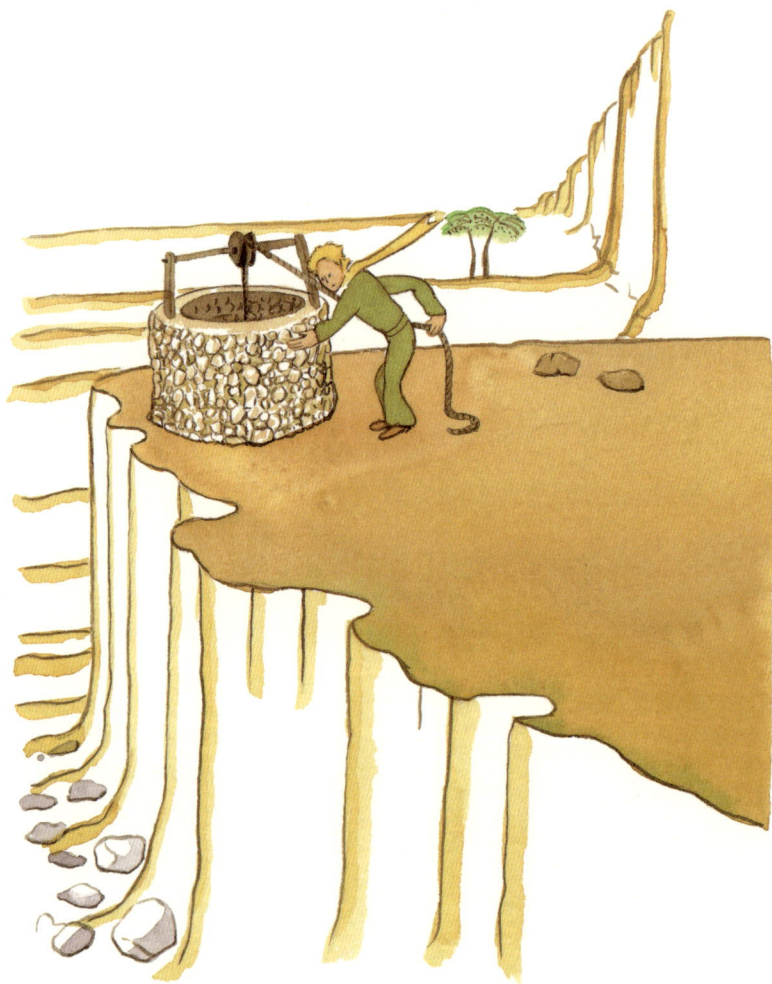

他笑了，拉住吊绳，让辘轳转转起来。

25

"人们挤进快车，"小王子说，"可是又不知道还要去寻找什么。所以他们忙忙碌碌，转来转去……"

他接着又说：

"其实何必呢……"

我们找到的这口井，跟撒哈拉沙漠的那些井不一样。那些井，只是沙漠上挖的洞而已。这口井很像村庄里的那种井。可这儿根本就没有村庄呀，我觉得自己在做梦。

"真奇怪，"我对小王子说，"样样都是现成的：辘轳，水桶，吊绳……"

他笑了，拉住吊绳，让辘轳转起来。辘轳咕咕作响，就像一只吹不到风、沉睡已久的旧风标发出的声音。

"你听见吗？"小王子说，"我们唤醒了这口井，它在唱歌呢……"

我不想让他多用力气：

"让我来吧，"我说，"这活儿对你来说太重了。"

我把水桶缓缓地吊到井栏上，稳稳地搁住。辘轳的歌声还在耳边响着，而在依然晃动着的水面上，我瞧见太阳在晃动。

"我想喝水，"小王子说，"给我喝吧……"

我这时明白了他在寻找的是什么！

我把水桶举到他的嘴边。他喝着水，眼睛没张开。水像节日一般美好。它已经不只是一种维持生命的物质。它来自星光下的跋涉，来自辘轳的歌唱，来自臂膀的用力。它像礼物一样愉悦着心灵。当我是个小男孩时，圣诞树的灯光，午夜弥撒的音乐，人们甜蜜的微笑，都曾像这样辉映着我收到的圣诞礼物，让它熠熠发光。

"你这儿的人，"小王子说，"在一座花园里种出五千朵玫瑰，却没能从中找到自己要找的东西……"

"他们是没能找到……"我应声说。

"然而他们要找的东西，在一朵玫瑰或者一点儿水里就能找到……"

"可不是。"我应声说。

小王子接着说：

"但是用眼是看不见的。得用心去找。"

我喝了水。我痛快地呼吸着空气。沙漠在晨曦中泛出蜂蜜的色泽。这种蜂蜜的色泽，也使我心头洋溢着幸福的感觉。我为什么要难过呢……

"你该实践自己的诺言了。"小王子柔声对我说，他这会儿又坐在了我的身边。

"什么诺言？"

"你知道的……给我的羊画个嘴罩……我要对我的花儿负责！"

我从衣袋里掏出几幅画稿。小王子瞥了一眼，笑着说：

"你的猴面包树呀，有点像白菜……"

"哦！"

可我还为这几棵猴面包树感到挺得意哩！

"你的狐狸……他的耳朵……有点像两只角……再说也太长了！"

说着他又笑了起来。

"你不公平，小家伙，我可就画过剖开和不剖开的蟒蛇，别的都没学过。"

"噢！这就行了，"他说，"孩子们会看懂的。"

我用铅笔画了一只嘴罩。把画递给他时，我的心揪紧了：

"你有些什么打算，我都不知道……"

但他没回答，却对我说：

"你知道，我降落到地球上……到明天就满一年了……"

然后，一阵静默过后，他又说道：

"我就落在这儿附近……"

说着他的脸红了起来。

我也不知是什么原因，只觉得又感到一阵异样的忧伤。可是我想到了一个问题：

"这么说，一星期前我遇见你的那个早晨，你独自在这片荒无人烟的沙漠里走来，并不是偶然的了？你是要回到当初降落的地方来吧？"

小王子的脸又红了。

我有些犹豫地接着说：

"也许，是为了周年纪念？……"

小王子脸又红了。他往往不回答人家的问题，但他脸一红，就等于在说"对的"，可不是吗？

"哎！"我对他说，"我怕……"

他却回答我说：

"现在你该去工作了。你得回到你的飞机那儿去。我在这儿等你。明天晚上再来吧……"

可是我放心不下。我想起了狐狸的话。一个人要是被驯养过，恐怕难免要哭的……

26

在水井边上，有一堵残败的旧石墙。第二天傍晚，我干完活儿回来，远远地看见小王子两腿悬空地坐在断墙上。我还听见他在说话：

"难道你不记得了？"他说，"根本不是这儿！"

想必有一个声音在回答他，只见他在反驳：

"对！对！是今天，可不是这个地方……"

我往石墙走去。我既没看见人影，也没听见人声。但是小王子又在说：

"……那当然。在沙地上，你会看到我的足迹从哪儿开始的。

你只要等着我就行了。今天夜里我就去那儿。"

我离石墙只有二十米了，可还是什么也没看见。

停了一会儿，小王子又说道：

"你的毒液管用吗？你有把握不会让我难受很久吗？"

我心头猛地揪紧，停下了脚步，可我还是什么也不明白。

"现在，来吧，"小王子说，"……我要下来了！"

这时，我低头朝墙脚看去，不由得吓了一跳！只见一条半分钟就能叫人致命的黄蛇，昂然竖起身子对着小王子。我一边伸手去掏手枪，一边撒腿往前奔去。可是，那条蛇听见我的声音，就像一条水柱骤然跌落下来，缓缓渗入沙地，不慌不忙地钻进石缝中去，发出轻微的金属声。

我赶到墙边，正好接住从墙上跳下的小王子，把这个脸色白得像雪的小家伙抱在怀里。

"这是怎么回事！你居然跟蛇在谈话！"

我解开他一直戴着的金黄色围巾。我用水沾湿他的太阳穴，给他喝了点水。可此刻我不敢再问他什么。他神色凝重地望着我，用双臂搂住我的脖子。我感觉到他的心跳，就像被枪弹击中濒临死亡的小鸟的心跳。他对我说：

"我很高兴，你找到了飞机上缺少的东西。你可以回家了……"

"你怎么知道的？"

我正想告诉他，就在刚才，在眼看没有希望的情况下，我修好了飞机！

他没回答我的问题，但接着说：

"我也一样，今天，我要回家了……"

然后，又忧郁地说：

"那要远得多……难得多……"

我意识到发生了一件非同寻常的事情。我把他像小孩那样抱在怀里，只觉得他在笔直地滑入一个深渊，而我全然无法拉住他……

"现在，来吧，"小王子说，"……我要下来了！"

他的目光很严肃，视线消失在很远很远的地方。

"我有你的绵羊。我有绵羊的箱子。还有嘴罩……"

说着，他忧郁地微微一笑。

我等了很久。我感到他的身子渐渐暖了起来：

"小家伙，你受惊了……"

他刚才受惊了，可不是！但他轻轻地笑了起来：

"今天晚上我要受更大的惊……"

一种无法补救的感觉，再一次使我凉到了心里。想到从此就再也听不到他的笑声，我感到受不了。他的笑声对我来说，就像沙漠中的清泉。

"小家伙，我还想听到你咯咯地笑……"

可是他对我说：

"到今天夜里，就是一年了。我的星星就在我去年降落的地方顶上……"

"小家伙，蛇啊，相约啊，星星啊，敢情只是场噩梦吧……"

可是他不回答我的问题。他对我说：

"重要的东西是看不见的……"

"可不是……"

"这就好比花儿一样。要是你喜欢一朵花儿，而她在一颗星星上，那你夜里看着天空，就会觉得很美。所有的星星都像开满了花儿。"

"可不是……"

"这就好比水一样。昨天你给我喝的水，有了那辘轳和吊绳，就像一首乐曲……你还记得吧……那水真好喝。"

"可不是……"

"夜里，你要抬头望着满天的星星。我那颗实在太小了，我都没法指给你看它在哪儿。这样倒也好。我的星星，对你来说就是满天星星中的一颗。所以，你会爱这满天的星星……所有的星星都会是你的朋友。我还要给你一件礼物……"

他又笑了起来。

"呵！小家伙，小家伙，我喜欢听到这笑声！"

"这正是我的礼物……就像那水……"

"你想说什么？"

"人们眼里的星星，并不是一样的。对旅行的人来说，星星是向导。对有些人来说，它们只不过是天空微弱的亮光。对另一些学者来说，它们就是要探讨的问题。对我那个商人来说，它们就是金子。但是所有这些星星都是静默的。而你，你的那些星星是谁也不曾见过的……"

"你想说什么呢？"

"当你在夜里望着天空时，既然我就在其中的一颗星星上面，既然我在其中一颗星星上笑着，那么对你来说，就好像满天的星星都在笑。只有你一个人，看见的是会笑的星星！"

　　说着他又笑了。

　　"当你感到心情平静以后（每个人总会让自己的心情平静下来），你会因为认识了我而感到高兴。你会永远是我的朋友。你会想要跟我一起笑。有时候，你会心念一动，就打开窗子……你的朋友会惊奇地看到，你望着天空在笑。于是你会对他们说：'是的，我看见这些星星就会笑！'他们会以为你疯了。我给你闹了个恶作剧……"

　　说着他又笑了。

"这样一来，我给你的仿佛不是星星，而是些会笑的小铃铛……"

说着他又笑了。随后他变得很严肃：

"今天夜里……你知道……你不要来。"

"我决不离开你。"

"我看上去会很痛苦……会有点像死去的样子。就是这么回事。你还是别看见的好，没这必要。"

"我决不离开你。"

可是他担心起来。

"我这么说……也是因为蛇的缘故。你可别让它咬着了……

蛇，都是很坏的。它们无缘无故也会咬人……"

"我决不离开你。"

不过，他想到了什么，又觉得放心了：

"可也是，它们咬第二口时，已经没有毒液了……"

当天夜里，我没看见他起程。他悄没声儿地走了。我好不容易赶上他时，他仍然执着地快步往前走。他只是对我说：

"啊！你来了……"

说完他就拉住我的手。可是他又感到不安起来：

"你不该来的。你会难过的。我看上去会像死去一样，可那不是真的……"

我不作声。

"你是明白的。路太远了。我没法带走这副躯壳。它太沉了。"

我不作声。

"可这就像一棵老树脱下的树皮。脱下一层树皮，是用不着伤心的……"

我不作声。

他有点气馁。但他重又打起精神：

"你知道，这样挺好。我也会望着满天星星的。每颗星星都会有一口辘轳生锈的水井。所有的星星都会倒水给我喝……"

我不作声。

“这真是太有趣了！你有五亿个铃铛，我有五亿口水井……”

他也不作声了，因为他哭了……

“到了。让我独自跨出一步吧。”

说着他坐了下来，因为他害怕。

他又说：

"你知道……我的花儿……我对她负有责任！她是那么柔弱！她是那么天真。她只有四根微不足道的刺，用来抵御整个世界……"

我也坐下，因为我没法再站住了。他说：

"好了……没别的要说了……"

　　他稍微犹豫了一下，随即站了起来。他往前跨出了一步，而我却动弹不得。

　　只见他的脚踝边上闪过一道黄光。片刻间他一动不动。他没有叫喊。他像一棵树那样，缓缓地倒下。由于是沙地，甚至都没有一点声响。

27

现在，当然，已经过去六年了……我还从来没跟人讲过这个故事。同伴们看见我活着回来，都很高兴。我很忧伤，但我对他们说："我累了……"

现在我的心情有点平静了。也就是说……还没有完全平静。而我知道，他已经回到了他的星球，因为那天天亮以后，我没发现他的躯体。他的躯体并不太沉……我喜欢在夜里倾听星星的声音。它们就像五亿个铃铛。

可是，我想到有件事出了意外。我给小王子画的嘴罩，忘了加上皮带！他没法把它系在绵羊嘴上了。于是我一直在想：

"在他的星球上到底会发生什么事呢？说不定绵羊真的把花儿给

吃了……"

　　有时我对自己说："肯定不会！小王子每天夜里给花儿盖上

玻璃罩，再说他也会仔细看好绵羊的……"于是我感到很幸福。

满天的星星轻轻地笑着。

　　有时我对自己说："万一有个疏忽，那就全完了！没准哪天

晚上，他忘了盖玻璃罩，或者绵羊在夜里悄悄钻了出来……"于

是满天的铃铛全都变成了泪珠！……

他像一棵树那样，缓缓地倒下。

　　这可是一个很大很大的秘密哟。对于也爱着小王子的你们，就像对于我一样，要是在我们不知道的哪个地方，有一只我们从没见过的绵羊，吃掉了或者没有吃掉一朵玫瑰，整个宇宙就会完全不一样……

　　你们望着天空，想一想：绵羊到底有没有吃掉花儿？你们就会看到一切都变了样……

　　而没有一个大人懂得这有多重要呵！

对我来说，这是世界上最美丽、最伤感的景色。它跟前一页上画的是同一个景色，而我之所以再画一遍，是为了让你们看清这景色。就是在这儿，小王子在地球上出现，而后又消失。请仔细看看这景色，如果有一天你们到非洲沙漠去旅行，就肯定能认出它来。而要是你们有机会路过那儿，请千万别匆匆走过，请在那颗星星下面等上一会儿！如果这时有个孩子向你们走来，如果他在笑，如果他的头发是金黄色的，如果问他而他不回答，你们一定能猜到他是谁了。那么就请你们做件好事吧！请别让我再这么忧伤：赶快写信告诉我，他又回来了⋯⋯

图书在版编目（CIP）数据

　　小王子／（法）圣埃克絮佩里著；周克希译. —— 北京：外语教学与研究
出版社，2018.5（2024.6重印）
　　ISBN 978-7-5135-9981-8

　　Ⅰ. ①小… Ⅱ. ①圣… ②周… Ⅲ. ①童话–法国–现代 Ⅳ. ①I565.88

　　中国版本图书馆 CIP 数据核字 (2018) 第 121880 号

出 版 人　王　芳
项目策划　张　颖
项目编辑　何碧云
责任编辑　陈　宇
责任校对　郑树敏
装帧设计　陶　雷
出版发行　外语教学与研究出版社
社　　址　北京市西三环北路 19 号（100089）
网　　址　https://www.fltrp.com
印　　刷　北京盛通印刷股份有限公司
开　　本　880×1230　1/32
印　　张　5.5
版　　次　2018 年 9 月第 1 版 2024 年 6 月第 4 次印刷
书　　号　ISBN 978-7-5135-9981-8
定　　价　49.00 元

如有图书采购需求，图书内容或印刷装订等问题，侵权、盗版书籍等线索，请拨打以下电话或
关注官方服务号：
客服电话: 400 898 7008
官方服务号: 微信搜索并关注公众号"外研社官方服务号"
外研社购书网址: https://fltrp.tmall.com

物料号: 299810001

记载人类文明
沟通世界文化
www.fltrp.com